川柳句集
目覚まし時計
鈴木順子
新葉館出版

序

小学生の可愛い女の子がお母さんと一緒に夜の句会へ出て来ていた。作句するのではないが、静かに句会の雰囲気に溶け込んでいて、入選句にじっと耳を傾けているように見えた。句会が済んでお母さんと帰る車の中で、「ジュンコの名前を言う回数が少ないよ。『スイセン』の声が多いよ」と、これは励ましてくれているんだと母は思いました。

もう二十年くらい前の話だが、この小学生の女の子「菜穂」ちゃんがすっかりいい娘さんになって、今回の「豊橋番傘川柳会十年の集い」のお手伝いをしてくれるとのことで、事前準備の段階から順子会長へ申し出があったそうだ。細かい作業がたくさんあるのでそれは大変に助かった、と言われています。また当日、二月十四日は豊橋駅へ出向いて出席の方々を出迎える役を引き受けてくれて、一番寒い外の辺りを担当してくれるとのこと、シャトルバス近辺で気付かれた方も多いと思われます。

近年は順子さんも遠くの句会へ出掛けることが多くなり、会社の仕事、家庭の主婦、など家族に負担をかけています。ご主人は理解のある人で、新幹線に乗り遅れそう（これは本人の性格で）になった時など車で豊橋駅まで送ってくれるそうです。

会社の仕事へは名古屋在住の長女が応援に駆けつけて来たりと、大阪、東京、銚子、さつま川内と頑張る順子を見守ってくれています。

名古屋番傘と私の出会いは、加藤翠谷さんとの関わりからです。昭和二十九年ころ、名古屋市内事業所間の情報誌「ＮＥＰ」に川柳欄があり、そこの選者が翠谷さんであり、初心者が投句しても添削して入選とさせたり、親切に指導をされたことからです。

この時の仲間が、山井十文字、田中豊泉、水谷一舟で皆さん本社同人、名番同人で今も活躍されています。この「ＮＥＰ」の記念川柳大会へ出席した折、佐藤比呂史（後の扁理）さんに会い、お互いまだ独身の頃で意気投合してずっと長い付合いを頂きました。

愛知県には当時もう一社の番傘川柳会がありました。私の記憶のある内に文字にしておきたいと考えていました。「三河番傘川柳会」がそれで、月例句会は挙母地区で行われたと聞いています。代表者の佐藤叫史さんや、仲間の都築千幸さんとは名古屋番傘の大会などではよくお会いしたものです。昭和三十年代の「番傘」の各地句報欄には三河番傘川柳会が載っていました。

当時、名古屋番傘川柳会の月例句会は、名古屋市中区の若宮神社で夜の句会でした。会長の平野扶桑さんは洒落た方で、その人柄からか番傘系でない川柳作家がたくさん出席されていました。中日川柳会、名古屋川柳社、草薙川柳会などの方で賑やかなことでした。そこで名番同人の杉浦三水、吉川勇鯉、船橋央年などと知り合いました。

中日川柳会は伊志田孝三郎さんが創始されたまだ新しい会で、とても意欲満々の作家が多い会で今もそれは引き継がれています。ＮＨＫラジオ川柳が名古屋放送局で生放送であり、講師の孝三郎さんの抑揚のある入選句の発表は楽しみなものでした。

知多の新舞子にＮＨＫの保養所があり、録音放送をするとのことで一泊吟行会が催され出席しました。どんな放送をされたのか、記憶にないのが残念です。

東京の人で慶応ボーイと言われた孝三郎さんは、恰幅が良く上品な初老の方で、その頃少しずつ増えてきた女性作家に人気があり、やっかむ男性も多かったものです。

青写真の伊志田プリントとは仕事上多少のお付合いもあり、親しくさせて頂きました。

中日川柳会のバッジを平野文彦さんと作ることになり図案を考えました。中部日本新聞社の了承も得て、百個作り会員に配布されました。五十年以上前のことですが私の手許に一個ありましたので、中日川柳会で活躍中の作家に謹呈しました。

中日川柳会月例句会は中部日本新聞社（当時）で開かれていて、毎月出席していたものです。帰りに喫茶店「ボンタイン」で若い作家が集って、柳論、雑談など交しました。

平沢康孝、小島悦生なども仲間に入ってきて、気の合った七人で「虹の会」というグループを作り、言いたい放題若い気焔を上げたものでした。

名古屋川柳社・我楽荘句会は毎月二十五日の夜、長谷川鮮山宅の二階で開催されており、ここへは名古屋市内西区在住の扁理さんに誘われて出席しました。その句会は年齢では少し高い人が多くて、若者は歓迎されたものです。斎藤旭映、鈴木可香などのベテランの方々にも臆することなく出席しました。永井河太郎、森王将、青山香道など中堅作家が頼もしく見えました。豊川市国府町の夏祭りの警備を凛々しく指揮していた警察官姿の河太郎さんの立派なことなどが印象に強く残っています。名古屋川柳社の社歴などは、現会長の松代天鬼さんが確り資料など保管し大事にしておられます。

こぼれ話としては、我楽荘句会は二階、一階はいっぱい屋さんで、好きな人は句会の前に集って、少し戴いていたりしました。今ではほとんどやりませんが、土匪吟などと言って、出席者個人を句の題材として詠み合ったりしました。「旭映の声眠そうに天を取り」「文彦の手許狂って一句出来」「アルコール切れて無口な車前草」など佳吟？も生まれ「水川の二枚目ぶりの男前」などにんまりしました。

鮮山さんの優しさに導かれて名古屋川柳社の社人の仲間に入れて頂きましたが、丁度高度成長期に入りかけた頃で、会社が忙しくなり、川柳に時間を取ることが難しくなりました。残念ながら退会をさせて頂きました。鮮山さん有難うございました。

豊橋番傘川柳会、十年前の発足の折には、番傘川柳本社の田中新一幹事長（当時）から何度も電話を頂き励まされました。大阪からわざわざ豊橋の小さい句会へ会員の方々を連れて出席して頂きました。その中には今でもずっと「豊橋番傘」へ出句を続けてくれている方が居ます。また名古屋番傘川柳会からも発足当時は奈倉楽甫会長をはじめとして、多くの方々が出席、ご支援を頂き、こちらでも今なお出句を続けて下さる方、また句会への出席を続けておられる方も居られます。

このように多くの方にご支援を頂き今日まで来ることができました。

平成二十七年十二月吉日

寺部　水川

目覚まし時計　目次

川柳句集

目覚まし時計

後続は要らぬこの場は蹴って立つ

第一章
ぺこぺこの鍋と苺大福

家に居るはずの夫と駅で会う

こんなにも小さかったか里の橋

夫とは違う願いを流れ星

ときどきの事をしょっちゅうだと拗ねる
お早うと言うて絶交思い出す
ふる里の路地に幼い日の私

わたくしを福の神だという夫

ネクタイはどう結ぶのと聞く娘

アルバムに若い私の不満顔

恋人が出来たと母からのメール
空っぽの財布任されても困る
長居してかまいませんよ福の神

死なれては困る時々飴あげる

ぴかぴかに磨いて嫁に渡す城

開城の朝もしっかり飯を噛む

世が世なら私はお姫様らしい
姑に貰った飴は噛み砕く
請求書書いてる時の恵比須顔

御馳走に何の記念日かと聞けず
夫より子に疑われ立ち止まる
もっと良い物はないかと形見分け

収穫を見守る畦の彼岸花

姑に磨き直しをされた鍋

借りるまでが勝負ひたすら手を合わす

実家へは寄らずあの日の秘密基地
折々の切手で送る請求書
拗ねてる間に苺大福消えていた

急用に口笛吹いて出る夫

豊かではない隣から笑い声

遅いのは個性なんですお母さん

取り敢えず男を立てる舞台裏

スープの冷めぬ距離でスープが届かない

お喋りな家系で無理なはかりごと

じゃんけんで決める夕餉の皿洗い

ライバルは猫だけになる定年後

揉めないで遺影斜めになってるよ

姑に恋人がいた歳になる
このページで母も泣いたか涙あと
包装紙やっぱり期待してしまう

ぺこぺこの鍋が未だに捨てられぬ

内ポケットの秘密が漏れてからの乱

一難が去って平和を噛み締める

時々は夫婦は他人よと脅す

大皿の残り一つへ集まる目

未払いはないかと遺族から電話

助手席でブレーキかけるのは夫

寝そびれたからと言い訳して昼寝

病む前か家の埃が気にかかる

金魚掬い父も私も下手だった

青春の森が消えてた里帰り

何度目の嘘かと母の目が潤む

子と共に私も巣立つお赤飯

塩胡椒心模様があからさま

アピールを生姜やレモンから学ぶ

身支度を待ってたばこは三本目

税金を払いたいのにまた赤字

嫁ぎ先の味に馴染んだ子の雑煮

乗り越えて母の形見を買い戻す

行き違いだったか匂い残る部屋

根の付いた夫に翅の生えた妻

時々は力競べもして夫婦

磨くのは程ほどにする硝子窓

赤味噌にも慣れたと母に書く便り

親心気付かず垣根越えた毬

七五三も成人式も祖母が買う

再スタートの気力をもらう里帰り

手花火を提げてぶらりと父が来る

人目避け母に貰うた皺の札

全力で帰ればママは置き手紙

長い髪が似合う切るなと言う娘

里帰り母にマニキュアしてあげる

大好きな頃もあったと聞く鼾

悪妻を演じてみたら心地好い
慢心を叱ってくれたのは娘
花も枯れ仏の水も減っていた

糸口をつかむキャンディーどうですか

騒音の中へ悲しみ捨てて来る

牛乳の味を忘れぬ猫と住む

取り敢えず明日のための米を研ぐ
拗ねるのにも飽きた夕餉の支度する
母の忌へ胎児の形して眠る

第二章

素知らぬ振り

砂山のトンネルで手をつないだ日

幾つもの言い訳用意して逢瀬

恋人を連れて帰るとEメール

背伸びして君とおんなじ空気吸う

絵日傘をくるくる恋は今佳境

切手代不足で戻るラブレター

火をつける仕草よ過去がまだ消えぬ

今わたし粋な別れをしたところ

台無しにしたと気付かぬほど過熱

先々を案じて爪に火をともす
人前は素知らぬ振りを通す仲
思惑が見えて好きにはなれぬ人

境界線しっかり決めて敷く布団
その先は忘れた振りをして上げる
実はあなたは付録だったのよと笑う

微塵切りしたくなるほど愛してる
また一つ罪を重ねた赤ワイン
ポケットに入れて持ち歩きたい君

怒らせてしめしめこれからが勝負
しっとりと構えて女対おんな
好きだけどもう無防備になれぬ恋

約束の場所と時間がまだ褪せぬ
予感的中尾行した事悔いている
角砂糖三個溶けずに沈んでる

あの頃は重くなかった腕枕
振り返るきっかけくれた待ちぼうけ
押し花がはらりあの日がよみがえる

透明になれたら君にまといつく
もういいかいまだ素っぴんは見せられぬ
彼奴にも告白してたのか彼女

口下手の誘いに今日は乗ってみる
ランジェリー見せるつもりで来たものを
遊びではなかったらしい涙あと

本当に良いかと男とは不粋
デュエットから軽い噂の的になる
本音など聞くじゃなかった通り雨

茶化さずに聞けと男は大まじめ
ひけらかす彼に貰ったレース編み
君となら乗りたいジェットコースター

不器用が案外持てるから不思議
愛された証しでしょうか紙つぶて
微熱では治まりそうにない出会い

もう恋はしないと言ったのは昨日
眼を閉じてごらんと蜜月の二人
逃げ腰の男に鋏突き付ける

引き寄せたら終わる恋ですやじろべえ

愛したのも嫌いになったのも自然

首っ丈だった男に抱く殺意

友達の寝言を聞いてからの乱
囁きに揺れる私はまだ多感
とっておきの笑顔で隠す下心

わたくしも女だったか嫉妬心
恋人のつもりか猫が邪魔をする
生返事ばかりしている倦怠期

憎まねば悔し涙が乾かない
しがらみを切るには丁度いい坂だ
握手よりハグして欲しいのよ私

かりそめの愛繰り返す都市砂漠
親切を愛と錯覚して燃える
時々の浮いた噂も悪くない

影踏みをしたあの日からずっと好き

聖書めくる指で男の膝つねる

下心承知で誘われる宴

縺れ糸解く西日のさす部屋で
時々は拗ねて愛情推し測る
墓場まで略奪愛を繰り返す

惚れたのは私泣き事など言えぬ
遠ざかる影に終わったなと思う
傷口は浅い涙も声も出る

隣人が若いと知ってから動悸

斜めから写して欲しい片えくぼ

この先は会って顔色見て決める

すっきりと切り上げられぬのか男
勲章にします悪女という噂
結局は子の泣き声で元の鞘

第三章 あの日、あの時

枕まだ並べて眠る三回忌

有り難い影が力になると言う

現在地確かめたくて見る星座

どうしよう私がコピーされていた
明日もまた生きる目覚ましセットする
これからも多分わたしは嘘をつく

それなりにしか写さぬ鏡など捨てる

鬼で上等ここは一歩も退かぬ

踏んだ事隠し踏まれたこと騒ぐ

君はまだ青いと年上の女

読書する少年に会う一人旅

過去形にならぬものかなその話

ショーウインドー越しに数えるゼロの数

美人だと褒められたのは隣の子

過去を知る人で時々憎くなる

ガラスだと知ってましたと後日談
そう言うが君も立派な中古品
仕事だと思えば下げられる頭

許さねば先に進めぬから許す
隠し事ひとつに悪夢ばかり見る
沈黙が苦手で要らぬ事をつい

まだ影が見捨ててくれぬから励む
パン屋の子に生まれたかったその昔
坂道で出会った人と手をつなぐ

そうですかならば私が鬼退治
わたくしが拗ねたところで絵にならぬ
そう言ってくれる貴方もいずれ去る

またこれもお蔵入りかと嘆くペン
私より認められてる免許証
約束の一つ二つはすっぽかす

親友しか知らぬ秘密がライバルに
大げさに泣いて私を取り戻す
真実を書けなくなってきた日記

金欠病なんかと私遊ばない
エライ事聞いた秘密になど出来ぬ
食前の梅酒の量が物足らぬ

ウエストに足りなくなってきたタオル
濡れ睫毛の魅力も過去の物語
その時の顔が決まらぬのよ鏡

何につけても私の邪魔をするあんた
先端に吊るされたって曲げはせぬ
ビリなのに振り向く癖が直らない

チャーシューの厚さチェックをして食べる
あなたより大事な人ができました
君よりも先に笑おうにらめっこ

人の字を飲んで平気な振りをする
折半では困る私は呑んでない
訳もなくやさしくされて身構える

次の世も女で君に貢がせる
三度目を叱る言葉が見つからぬ
ライバルだなんて勿体無いオホホ

フルコース食べたら消えていた悩み
危険予知したかメールが返らない
疑いは晴れたが溶けぬわだかまり

君にまで言われたくないダイエット

優しさが心地好いので痛い振り

ケーキ食べながら悪口言う至福

急用にまず現金のチェックする
気をつけて私は口が軽いです
私亡きあとも噂をして欲しい

真っ先に酔ってこの場を切り抜ける
信号で試しています今日の運
そして春重いコートよさようなら

直感が時々当たるから迷う
後押しが欲しかったのは昨日まで
上品に急所を突いたハイヒール

ハンカチで叩くくらいの憎らしさ
疑うのはやめたご飯が不味くなる
惜しまれて逝くには今が年頃か

おっとどっこい生命線が延びてるぞ
顔を見るまでは忘れておりました
ひどいニュースだコンセント抜いてくる

割り込んでも座ると決めているお尻

電子音いちいち今日は腹が立つ

潤沢に使っています化粧水

寄り道もせずに帰った事を悔い
もう少しこの世に居たいから歩く
寛いで来いの言葉が引っ掛かる

削除キー押して再生する私

チケットは二枚思案はまだつづく

打開策ここは涙で一芝居

立ち位置を変えたら見えてきた明日
昨日今日バスに乗り遅れた気分
相槌を打った私も共犯者

どんな日にしようか明日は誕生日
この頭痛たぶん悪口言われてる
泥水が澄むまでしばし昼寝する

初めてのように毎回泣いて聞く
乗せられて弾んだ後の湿布薬
金槌のわたしホントに浮くかしら

面倒で許した事を悔いている

こうなれば迷路楽しむ事にする

見ない振り出来ず荷物をまた増やす

生き残りたくて上手に的外す
責任はないが放っとけない話
ひと波乱起きそうそっと席を立つ

風と共に去りぬ私の羅針盤
ひもじさに齧って吐いた青い梅
二者択一だから迷っているのです

上品と思い込まれて裏切れぬ
落し所模索しながら山登り
細い目をなお細くして糸通し

忍耐を英語の授業から学ぶ
一合の酒で魔法の国に着く
ここはもう先に笑って茶を入れる

知っているはずの人から来ぬ祝儀
試練いくつ越えてきたのか丸い石
指間から砂が零れる謀反劇

もう彼は敵ではないな丸い背な
断れず大きい荷物また背負う
無味無臭何の取柄もない私

両手添えこぼさぬように受ける恩

落し穴の中でしばらく仮眠とる

半日で落ちる化粧を今朝もする

風も私も気紛れですの悪しからず
背に腹は変えられなくて情を切る
頷きながら聞いた話を早や忘れ

生い立ちは一生消せぬのか写真

一言を曳きずり迷い込む樹海

五秒前の空気が好きで琢磨する

九合目あたりでいつも油断する
恵まれていたと捻挫をして気付く
寒くても空気しっかり入れ替える

ハッスルが過ぎて階段踏み外す
サーフィンと思えばこんな試練など
彼ならば言いそうだなと噂聞く

訳あって返事はいつも茶封筒
焦る事なかったなあと後日談
万歳をしながら明日の事思う

失礼な話私が高齢者
ツイストの頃を肴に盛り上がる
悔しいが丸くならねば転がれぬ

今もって回転ドアに身構える

泣き虫の頃を悪友蒸し返す

自惚れてなければ生きられぬこの世

万策が尽きて案外楽になる
この無念酒でごまかしたりはせぬ
また同じ罠にはまったお人好し

そんな顔されても無い袖は振れぬ
決断へ生命線を確かめる
運はもう使い果たしたかも知れぬ

もう一人の私が私突き放す
そんな事ありましたかで切りぬける
真っ白いシャツに騙されてはならぬ

決断を急がないでと言うロダン

念願のひとりベッドを買い替える

子を攫った川を朝夕見て生きる

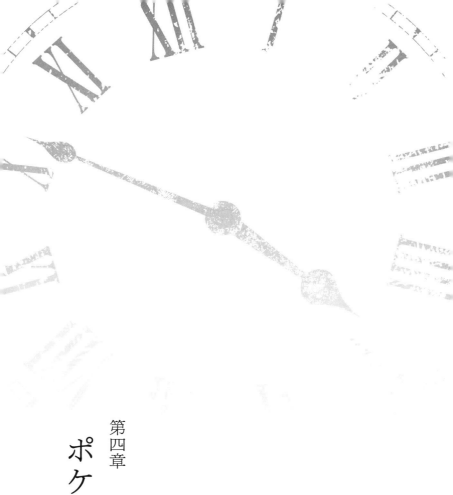

第四章 ポケットの穴

財布よく忘れる友だなと気付く
腹立てなさんなアイツは宇宙人
聞く耳はないのか走り去る人よ

道を説く人のポッケに穴がある
忘れたと言うが忘れていない顔
彼はまだ許せぬ事を数えてる

金で済む事だ安心して眠れ
ありえない事を平気で言う女
ホクロの位置なんでアイツが知っている

寒いはずだよジッパーが開いている
あべこべになって戻って来た噂
そんな事ばらさないでよ披露宴

素人と聞けば男の鼻の下

黙ってるうちは賢く見えた人

吹き込まれて来たなと分かる言葉尻

いよいよの時も寝た振りして逃げる
簡単にやる気を出せと言う他人
無情だな女ひとりに立つ噂

パパはもう他人とママは言うけれど
信用は出来ぬ男の華奢な指
手を延ばせば届く所で熟れる桃

痛いとも言わなくなってから長い
試されているとも知らぬ軽い口
昨日より更に尾ひれが付いていた

男と女星の数ほどいて未婚

添削の赤鉛筆に欲しい慈悲

一点を見据えて泳ぐ頼もしさ

逆らわず流れ花びら海に着く

顔は見えぬと侮るなかれ電話口

耐え忍び螺旋階段駆け上がる

図星だな急に物言い荒くなる
母ちゃんを代表にするある事情
だとしてもそうあっさりと言わないで

なかなかの鬼だ握手をしておこう
暇人で楽しみなさい泥仕合
はっきりと言えばよかった事故現場

駆け付けてみれば男は死んだ振り
錯覚のままも悪くはない笑顔
身勝手な祈りに神も苦笑する

勘違いしないで立派なのは親
習慣病を説いてる医者が肥満体
内々になって話題が生臭い

娑婆の苦に耐えてた人よ安らかに
言ったよと言われて聞いた気にもなる
準備体操もう息切れをしています

体操にお金をかけている平和

遺言の修正をする誕生日

ボクの未来か泥酔のお父ちゃん

心中を扉の音で推し測る

料理追加するか話はまだ途中

悪口も言って気のおけない仲間

ころころと主張が変わる喰えぬ人

若いなあと夫婦ゲンカの話聞く

本妻の方が美人という不思議

そのニュース知らねばならぬ事かしら

裃を脱ぐのに足りぬ酒の量

言い含められてばかりのお人好し

どの役も無難にこなすから憎い
引立て役連れて美人が闊歩する
12色の今日は緑が歓喜する

目的地は近いと油断したうさぎ

活発なはずだ見事な食べっぷり

札束があればすっきりする話

恩にきますと何度言うたか軽い腰

和やかなうちに朱肉を持ってくる

新人の脚の長さが気に入らぬ

有料にしたらたちまち閑古鳥
起業でもするか就職口がない
いつまでも味方と思うお人好し

災難に遭いましたねと他人事

踏ん張ることを忘れてないか長い足

束ね髪の女に借りのある男

ちょっと愚痴聞いてと甲高い受話器
正直な人だ焦りを隠せない
冷静に損得を説く憎らしさ

疑った方がいいかもその美談
上品な口許からも出る悪口
傷口を深くしているとも知らず

牢名主になりたい人が居て困る

せっかちな人だ背中をまたつつく

鈍行の窓はなかなかお人好し

人の世の人差し指の浅ましさ

昭和まで穿り返す電話口

メンバーで話の中味まで分かる

欲張った夢が支えている明日
背中見たままじゃ終われぬサバイバル
両翼に見守られてる有り難さ

川柳に魅せられて

寺部水川さんの序文を読ませていただき、「お母さんと一緒にいられる」という理由でついて行っていた夜の句会のことを思い出しました。幼かった当時の私は、それぞれの句がもつ意味を理解できていませんでしたが、川柳を音楽として楽しんでいたように思います。五・七・五のリズムの楽しさと大人の世界に混ぜてもらったような高揚感の中で母の句はいつ読まれるかしらと耳をこらしていた記憶があります。私が飽きてしまわないようにと楽しいお話やお菓子であやしてくださった多くの川柳仲間の皆さんに感謝しています。

本作で久し振りに母の句を読み、前作の『夜明け前』とは作風が変化してきていることに驚きました。祖父を守り生きていかなければという一心であった母が自分の人生を唄い始めたのだなと娘としてはほっとしています。川柳教室の講師をさせて頂く中での生徒さんたちとの日々も数学の先生になりたかった母の夢を叶えてくれているようで、嬉しそうに教室の準備をしています。猪突猛進、時々周りが見えなくなってしまうこともある母を、温かく見守り応援をしてくださる多くの方々にこの場を借りて御礼申し上げます。この本を手に取ってくださった方の心に残る一冊となることを祈っています。

母の川柳作家人生の中で、我が家での一番の問題作となっている句、

いい女してます米も研いでます

この句を聞いた父と私から母が疑いの目を向けられている様子に想像がつく方もおられるかと思います。

米を研ぎ、今日も母は大好きな川柳の世界へと出かけて行きます。

平成二十八年一月吉日

鈴木　菜穂

あとがき

『目覚まし時計』の序文を寺部水川さんにお願いに伺った時に、私の事も然る事ながら、水川さんしか知らない愛知の川柳会の事や作家の人となり（逸話）なども書いて欲しいとお願いしました。

川柳史の中で活字として覚えている先輩方と、共に生きているような親近感を抱きました。水川さん、有り難うございました。

凝りもせず、売れる川柳句集を目指している私は、今回も平成十八年一月から平成二十七年十月までの約四〇〇〇余句から三九四句までの取捨選択を、新葉館出版の竹田麻衣子さんにお願いしました。

第一句目は、『一新豊橋番傘川柳会』への十年前の私の思い、

　後続は要らぬこの場は蹴って立つ

最終句は、私が現在危ういながらも豊橋番傘川柳会会長を務められているのは、同志の御蔭である事はもちろん、私が自由に動けるようにと見守ってくれている、豊橋番傘

二代目会長寺部水川さん、現副会長の須﨑東山さんが居てこそですので、

両翼に見守られてる有り難さ

にしてください。そして、川柳を知らない人が川柳に関心を持って貰えそうな句集に仕立ててください、と自分の作品を省みもせずに我儘なお願いもしました。

今回も麻衣子さんは「いいですよ、お任せください」と快く引き受けてくださり、十二月十五日に『目覚まし時計』のゲラが届きました。

三九四句の我が子を読み終え、最終ページの、

欲張った夢が支えている明日

背中見たままじゃ終われぬサバイバル

に、麻衣子さんからのエールを感じました。

稼業との両立のなかで、何時も心の片隅にある「二兎を追う者は一兎をも得ず」のことわざ。川柳も仕事も大好き、どっちも大事で天秤になど掛けられない。仕事も川柳も声がかかる（必要とされている）間は頑張ろう。そう、私の人生はまだまだこれからなのだ。

平成二十八年一月吉日

鈴木順子

【著者略歴】

鈴木　順子(すずき・じゅんこ)

昭和24年　　　鹿児島県西之表市(種子島)生まれ
平成２年１月　豊橋番傘川柳会同人
平成５年１月　番傘川柳本社同人
平成18年１月より　『川柳豊橋番傘』誌編集人
平成22年９月　川柳句集「夜明け前」発刊
平成23年10月　第１川柳句集『夜明け前』で、第21回
　　　　　　　ちぎり文学賞(東愛知新聞社主催)最優秀賞受賞
平成25年１月　豊橋番傘川柳会会長就任

現在、全日本川柳協会常任幹事、ＮＨＫ学園生涯学習通信講座「川柳」添削講師、浜松中日文化センター「川柳講座」講師、豊橋市本郷地区市民館内「本郷川柳会」講師、蒲郡川柳会講師、豊橋市大岩老人福祉センター内「大岩川柳会」講師、豊橋市民文化部「郷土文芸・川柳」選者、豊橋文化振興財団「お月見・川柳」選者、豊橋保健所健康増進課「メタボ川柳」選者

現住所　〒441-1115　愛知県豊橋市石巻本町字西浦73
TEL&FAX 0532-88-0955

目覚まし時計

○

平成28年2月14日　初版発行

著　者
鈴　木　順　子

発行人
松　岡　恭　子

発行所
新　葉　館　出　版
大阪市東成区玉津１丁目9-16 4F　〒537-0023
TEL06-4259-3777 FAX06-4259-3888
http://shinyokan.jp/

印刷所
亜細亜印刷株式会社

○

定価はカバーに表示してあります。

ISBN978-4-86044-615-4